LETTRE

A M. LE DOCTEUR BROUSSAIS.

LETTRE

A M. LE DOCTEUR BROUSSAIS,

SUR SA RÉPONSE

AUX OBSERVATIONS DU BARON MASSIAS,

RELATIVES A SON LIVRE

DE L'IRRITATION ET DE LA FOLIE.

PAR LE BARON MASSIAS.

« La psychologie interprète et coordonne des
« phénomènes intellectuels que le simple méca-
« nisme d'organes grossiers ne sauroit dignement
« expliquer. » Principes de Physiologie médicale,
page 22, par Isid. Bourdon.

Prix: 1 fr. 50.

PARIS,

DE L'IMPRIMERIE DE FIRMIN DIDOT,

IMPRIMEUR DU ROI, RUE JACOB, N° 24.

1829.

LETTRE

A M. LE DOCTEUR BROUSSAIS.

Monsieur,

Je me suis empressé de lire les deux articles en réponse à mes *Observations* sur votre livre *de l'Irritation et de la Folie*, que vous avez insérés dans vos Annales de médecine physiologique, et que vous avez eu la bonté de m'envoyer. Je n'ai point vu sans peine que mon opuscule ne vous a point paru aussi inoffensif qu'il l'était dans mon intention, et j'ai dû me soumettre avec résignation à des représailles presque toujours pleines d'urbanité et de ménagement; j'ai compris qu'il fallait accepter de bonne grace les conséquences des doctrines auxquelles j'ai foi, et dont il serait déloyal de récuser la solidarité.

Que sont en effet les intérêts et la gloriole

d'un pauvre auteur dans la grande question qui se débat entre vous et moi, et où il s'agit de la moitié la plus précieuse de notre être, et de déshériter l'humanité d'une destinée immortelle, ou de lui en assurer la possession ? Vous parlez, me direz-vous, d'utilité là où il ne faut s'occuper que de vérité : c'est aussi de la vérité que je m'occupe en envisageant la question sous ce point de vue, car si ce qui est vrai est utile au genre humain, il n'est pas moins certain que ce qui lui est utile, est vrai. Vous m'avez accusé d'avoir eu recours à la rhétorique, et d'avoir quelquefois donné des phrases pour des raisons ; je me tiendrai sur mes gardes, et, pour ne point prolonger une discussion qu'il est si facile de rendre interminable, je la réduirai à une seule question. Après l'avoir résolue, ou avoir essayé de la résoudre, je prendrai page par page dans vos articles, et j'exposerai, avec vos propres expressions, les principaux points controversés, en les faisant suivre de quelques courtes observations. Avant de commencer, je dois dissiper une prévention qui pourrait dans votre esprit nuire à mon argumentation. Vous me reprochez dans vos articles, à plusieurs reprises, de regarder les animaux comme de pures machines, tandis que je leur accorde, et mes livres en font foi , une intelligence analogue quoique inférieure à la nôtre , et proportionnée au rang qu'ils occupent dans l'univers.

LA MATIÈRE , PAR SA NATURE , EST-ELLE INTELLIGENTE ?

Telle est la question que je me propose d'examiner sous toutes ses faces, de bonne foi, et avec un amour de la vérité égal, j'espère, à celui qui vous anime dans vos recherches, résolu à subir les conséquences des solutions qui se présenteront, et qui me sembleront justes et avouées par la raison, quelque opposées qu'elles puissent être à mes goûts et à mes opinions ; je ne suis pas assez insensé pour penser que la vérité doive se plier à mes désirs et à mes idées, me faisant plutôt un devoir de les plier à ses décisions.

Un objet *est par sa nature* ce sans quoi il ne peut exister et être conçu ; ses propriétés *essentielles* sont telles qu'on ne peut les lui enlever, sans en détruire l'idée et l'anéantir. Ainsi un triangle ne peut être conçu sans trois côtés, un cercle sans une circonférence également éloignée dans tous ses points de son centre ; ainsi la matière ne peut être conçue sans étendue et sans parties : l'étendue est dans la nature de la matière. *L'intelligence est-elle également dans la nature de la matière?* La matière ne peut-elle être conçue et exister sans intelligence ? La réponse est dans les faits : le bois, le fer, le marbre ne pensent point, nous concevons leur existence quoiqu'ils soient privés de pensée. Vous même, Monsieur, dans votre second article, page 9, dites *qu'il n'est pas de la nature de la matière de toujours penser.* Elle peut donc être conçue exister sans pensée. La nature d'une chose ne peut lui être ôtée et rendue alternativement; ce serait la créer et l'anéantir à volonté : ce qu'elle est par sa nature elle l'est toujours. Nous pouvons conclure des faits et de votre concession, avec toute la certitude et la rigueur de la raison, que LA MATIÈRE POUVANT ÊTRE CONÇUE EXISTER SANS INTELLIGENCE, ET, SUIVANT VOUS, NE PENSANT PAS TOUJOURS, N'EST POINT INTELLIGENTE PAR SA NATURE.

Dire qu'il n'est pas de la nature de la matière de toujours penser, peut laisser à deviner qu'il est de sa nature de penser quelquefois; mais nous avons montré que cette opinion est de toute fausseté, puisque ce serait dire en la soutenant, qu'il est de sa nature de changer quelquefois de nature; alors ce qui aurait été sa nature ne le serait plus; elle aurait deux natures qui alterneraient. Continuons à examiner les conséquences de la concession que vous avez faite : *il n'est pas dans la nature de la matière de toujours penser.*

Quand la matière est dans son état non-pensant, qui la sort de cet état et lui donne l'intelligence ? Ou l'intelligence lui vient d'elle-même, ou de quelque chose qui n'est point elle. Ce ne peut être d'elle-même, puisqu'elle se donnerait ce qu'elle n'a pas ; l'intelligence lui viendra donc d'ailleurs. De quelque objet qu'elle lui vienne, cet objet doit être intelligent, sans quoi il ne pourrait donner ce qu'il n'aurait pas ; la matière inintelligente ne saurait donner l'intelligence ni à elle-même, ni à ce qui n'est pas elle.

C'est, dira-t-on, de la matière intelligente, que la matière inintelligente tire la pensée. Il y a donc deux sortes de matière, l'une qui pense par intervalles, l'autre qui pense toujours : ce qui est contraire à votre affirmation, et à ce que nous avons prouvé, que *la matière ne pense pas toujours.* Les faits d'ailleurs prouvent que la matière en qui vous placez l'intelligence ne pense pas toujours, puisque la mort la rend à son état inintelligent ; ainsi aucune sorte de matière ne pense toujours, ne pense par sa nature.

On insiste en disant : Une moitié de la matière

est intelligente et active tandis que l'autre se repose ; l'intelligence passe tour à tour de l'une à l'autre ; ainsi a lieu la perpétuelle métamorphose des êtres actifs et non actifs , pensants et non pensants ; ainsi naissent l'une de l'autre la vie et la mort, et le monde est éternellement à lui-même spectacle et spectateur. La supposition admise, les deux moitiés de la matière cessant alternativement de penser, aucune d'elles ne pense toujours, n'est intelligente par sa nature. L'intelligence qui les quitte et les visite alternativement, seule est toujours intelligence, seule pense toujours, seule *pense par sa nature*. La nature d'une chose est ce que cette chose ne peut perdre ni acquérir ; or, dans l'hypothèse que nous venons d'examiner, la matière acquiert et perd tour à tour l'intelligence.

Vous abusez des mots, me direz-vous, la matière et l'intelligence ne sont pas choses distinctes ; *l'intelligence n'est qu'une modification de la matière.* Établissons bien la signification de ce mot *modification.* Il indique le mode d'être d'un objet, l'objet dans tel ou tel état, mais sans changement de nature. LA MODIFICATION D'UN OBJET N'EST QUE CET OBJET MODIFIÉ. C'est en séparant la modification de l'objet, en donnant l'être, la réalité à des abstractions, qu'on a fait plus de faux raisonnements, qu'on a enfanté plus d'erreurs qu'il n'y a de feuilles sur les arbres d'une forêt. Je modifie un cube de cire et j'en fais un globe ; ce globe n'en est pas moins cire comme auparavant lorsqu'il était cube. La pensée, la sagesse, la vertu, l'idée du beau et du sublime sont, suivant vous, des *modifications* de la matière ; c'est dire qu'ils ne sont que l'encéphale intelligent, sage, vertueux, aimant le beau et le sublime. Mais nous avons vu que la matière n'est pas *intelligente par sa nature*, et que si elle l'est accidentellement, cette intelligence contingente lui vient de quelque chose qui n'est point elle. D'où nous avons à conclure hardiment que la pensée, la sagesse, la vertu, l'idée du beau et du sublime, ne viennent point de la matière, ne sont point une modification de la matière.

Les modifications de la matière, ses modes d'être, ne sont, comme le disent les mots, que changements de forme ; toute forme, toute figure, sans exception, est le produit de la ligne droite et courbe. Mais il est certaines modifications de notre être qui ne peuvent se rapporter à cette origine ; nos affections et nos idées, qui sont nos *modes d'être moraux*, seront toujours, quoi que fasse et dise la physiologie, autre chose que des ronds, des carrés, des triangles, des cubes et des ovales.

Avant de passer outre, et à présent que nous ne pouvons plus être dupes du mot *modification,* vous me permettrez d'exposer en toute liberté les conséquences qui découlent de votre assertion fondamentale, que *nos pensées et nos affections ne sont que des modifications du cerveau, ne sont que le cerveau modifié, excité, irrité.* Si ces conséquences se présentent accompagnées de ridicule, ne vous en prenez pas à moi qui tiens le ridicule dirigé contre les personnes pour un guet-apens, comme une arme déloyale qui frappe à mort l'honneur de celui qui s'en sert. Il est, du reste, des réputations sur lesquelles il n'a point de prise, la vôtre, par exemple, et j'en ai pour garant l'estime que j'ai et que j'ai toujours eue pour vous et vos ouvrages. Mais ce serait aussi pousser trop loin le scrupule que de craindre d'attaquer avec le ridicule des opinions qu'on croit fausses et dangereuses. Ce serait se priver de gaîté de cœur d'un moyen permis et puissant ; *ridiculum acri...* *secat res.* Il dissout et consume l'erreur. Vous-même ne l'avez point ménagé dans vos polémiques avec les spiritualistes et vos confrères les ontologistes. Voici donc les idées qui me sont

survenues à propos du système qui fait de l'encéphale le producteur, le substratum et l'étoffe
de toutes nos idées et de toutes nos affections.
S'il est vrai, me suis-je dit, que la pensée, la
sagesse, la vertu, l'amour du beau et du sublime,
la contemplation et l'adoration intimes de Dieu,
ne soient que des formes de la matière, des modifications du cerveau, c'est-à-dire, LE CERVEAU
LUI-MÊME DANS UN CERTAIN MODE D'ÊTRE, on de-
vrait, en parlant avec exactitude et vérité, pou-
voir dire : Voilà un cerveau bien sage, bien savant, bien vertueux, bien enthousiaste, bien
religieux. Pourquoi les divers peuples qui, dans
tout le reste, ont si fidèlement obéi à la logique
du langage, n'ont-ils pas adopté cette locution
si elle est exacte et vraie ? Pourquoi leur instinct
l'a-t-il invinciblement repoussée comme dégra-
dante pour l'humanité ? Si, de même que l'univers, nous ne sommes qu'un tout homogène,
pourquoi cette obstination de tous les idiomes à
présenter notre dualité dans chaque mot qui est
ou qui peut devenir métaphorique, et qui donne
sans cesse une ame au corps et l'esprit à la matière?

Mais admettons que l'intelligence soit une modification de la matière : qui dit modification dit
agent modifiant ; l'effet nécessite sa cause ; ce qui
modifie diffère de ce qui est modifié. Dans la

matière modifiée est donc autre chose que de la matière, puisqu'elle a son principe modifiant.

Puisqu'en effet existe une matière brute, dans laquelle n'est pas le principe modifiant qui donne l'intelligence, on ne peut s'empêcher de conclure qu'il y a hors ou dans la matière un principe actif et intelligent autre qu'elle, qui la modifie pour la rendre intelligente.

Le principe qui produit les modifications de la matière, étant actif et intelligent, diffère de la matière brute et inintelligente autant que la vie de la mort, autant que ce qui connaît de ce qui ne connaît pas.

Mais la matière est étendue; toutes ses propriétés, l'impénétrabilité, la solidité, la divisibilité, la mensurabilité, se rapportent à l'étendue; le principe intelligent, reconnu tout-à-fait distinct de la matière brute, ne saurait être étendu.

Pour que, suivant les prétentions du physicisme, il n'y eût que matière dans l'univers, il faudrait ou que la matière pensât toujours, ou qu'il y eût deux sortes de matière, l'une qui reçoit et l'autre qui donne la pensée; ou que les moitiés de la totalité de la matière pensassent alternativement; ou, enfin, que la pensée fût une modification de la matière. Mais nous avons prouvé que la matière ne pense pas toujours; qu'il n'y a pas deux sortes de matière; que les deux portions de la totalité de la matière ne pensent pas alternativement; et, qu'enfin, la pensée n'est pas une modification de la matière : d'où il suit que, personne ne contestant l'existence de la pensée, elle est distincte de la matière.

Après avoir épuisé sans succès toutes les hypothèses qui tendent à prouver que la matière pense par sa nature, ou accidentellement, et qu'elle n'est pas distincte de l'intelligence, je conclus irréfragablement trois choses.

1° QUE LA MATIÈRE NE PENSE POINT PAR SA NATURE, ET QUE, SI ELLE PENSE ACCIDENTELLEMENT, L'INTELLIGENCE LUI VIENT D'AILLEURS QUE D'ELLE-MÊME, DE QUELQUE CHOSE QUI N'EST POINT MATIÈRE.

2° QU'IL Y A AUTRE CHOSE QUE DE LA MATIÈRE, SAVOIR : SON PRINCIPE MODIFICATEUR ET INTELLIGENT.

3° QUE RIEN N'ÉTANT AUSSI OPPOSÉ QUE CE QUI EST ACTIF, MODIFIE ET CONNAÎT, ET CE QUI EST INACTIF, MODIFIÉ ET NE CONNAÎT PAS, LE PRINCIPE INTELLIGENT NE DOIT PAS ÊTRE ÉTENDU.

Résumons ces trois propositions en celle-ci :

LES FORCES ACTIVES DE L'UNIVERS ET LEUR SUJET PASSIF, C'EST-À-DIRE CE QUI PEUT ÊTRE CONÇU DE PLUS OPPOSÉ, NE SONT PAS DE MÊME NATURE : L'INTER-VENTION DE CE QUI EST ACTIF EST NÉCESSAIRE POUR FAIRE PASSER CE QUI EST PASSIF A UN ÉTAT D'ACTIVITÉ, ET EN EST PAR CONSÉQUENT INDÉPENDANT ET DISTINCT ; LE PASSIF NE POUVANT DE SOI-MÊME SE CONVERTIR EN ACTIF, DÉPEND DE CE QUI LE MODIFIE.

Qu'est-il, me demandez-vous, ce principe actif et non étendu ? concevez-vous ce qui n'est pas étendu ? là où n'est pas matière est-il autre chose que rien ? qu'est en soi le principe immatériel ? Je l'ignore, comme j'ignore et que vous ignorez ce qu'est le moindre élément de matière. Je ne conçois pas à la vérité l'essence simple, mais je ne conçois pas mieux la substance étendue ; je sais que mes conceptions ne sont pas la mesure du réel et du possible, et que tout ce qui n'est pas matière peut être autre chose que rien, puisque, hors d'elle, et sans elle, est quelque chose qui n'est pas matière, le principe actif et intelligent qui la modifie. « Il n'est nullement possible de trouver

(13)

« les *comment* de l'état des objets que modifient
« nos sens [1], » ce sont vos propres paroles ; je
n'aurai point la prétention de vouloir connaître
le comment de ce qui ne frappe pas nos sens ,
et dont l'action m'est invinciblement donnée
par mes facultés, auxquelles je suis forcé de
croire sous peine de renoncer à être moi-même.

Sans doute, monsieur, vous commencez à
vous apercevoir que votre projet de *désonto-
logiser* l'intelligence et notre MOI, est d'une
plus difficile exécution èt vous a moins bien
réussi que celui d'ôter l'entité aux phénomènes
de la fièvre et des maladies dont, avec raison,
vous ramenez l'origine à la réalité des organes
lésés ; ici, vous aviez pour vous la vérité, tandis qu'on ne peut trouver l'origine de la pensée
que dans un principe intelligent. Le MOI survi-
vant à vos attaques, fait face à toutes vos objec-
tions, et réfute, par sa seule réalité, les réponses
que vous avez faites à mes *observations*, et que j'ai
promis d'examiner en détail, comme je vais le
faire.

ARTICLE PREMIER[2].

Non video quid habeat res ista aut lætabile aut gloriosum. CIC.
Je ne vois point ce que ce système a d'attrayant ou de glorieux.

Rien de semblable n'existe dans l'influence supposée de

---

1. Article premier, page 5.
2. Le texte de M. Broussais est imprimé en petits caractères.

ce qui n'est pas corps et dont nous ne pouvons avoir nulle idée (page 3).

Nous venons de prouver que *l'influence de quelque chose qui n'est pas corps* est nécessaire pour modifier la matière brute, et nous en avons si bien l'idée que son action est sans cesse présente à notre raison.

Le docteur Broussais avait pris ses précautions pour qu'une pareille objection ne lui fût pas faite, en prouvant par ce qui nous est connu du fait de notre organisation, qu'il n'est nullement possible de remonter aux causes et à la cause première (page 5).

Jamais notre organisation n'a prouvé, ni ne prouvera, que le battement du pouls ne fasse remonter à sa cause, à la contraction du cœur; et que le mouvement de l'univers ne nous fasse remonter au souverain moteur.

Le docteur Broussais a bien dit qu'*un gaz n'a pas* d'intelligence, mais il n'a jamais avancé qu'un gaz ne pût contribuer avec d'autres formes de la matière à l'organisation d'êtres intelligents (page 5).

Un gaz, aidé des *formes de la matière*, c'est-à-dire de la matière ayant telle ou telle forme, n'est que la matière produisant l'intelligence, ou, en d'autres termes, la matière intelligente soit par sa nature, soit accidentellement, ce que nous avons démontré faux.

M. Massias reproche à M. Broussais de créer une entité occulte qui ne tombe pas sous les sens, en reconnaissant dans l'*irritation* une force qui fait contracter les fibres (page 5).

Ne soyons point dupes des mots, ramenons l'abstraction *irritation* à la réalité fibre, organisation *irritée*. Or, là où est fibre et organisation irritée, est une force qui irrite. Pour ne pas, malgré soi, conclure cette force, pour ne pas d'une action conclure l'agent, il faut faire violence à son sens intime et à sa raison. La force irritante ne peut d'ailleurs venir de la fibre et de l'organisation, puisque tout corps animé placé dans le vide est bientôt privé de mouvement, bien qu'il conserve l'intégrité de ses parties.

Quoi! sur un coin à peine perceptible du grand tableau de l'univers, qu'il nous est donné d'entrevoir, on prétend déterminer l'ordonnance et les lois qui doivent y présider? ... (page 7).

On n'a rien prétendu déterminer; on s'est cru seulement permis de présenter la force d'action de la matière augmentant en raison de la

ténuité de celle-ci, comme un aperçu, une ana-
logie éloignée de l'immatérialité des forces de
l'univers, ce dont on a eu soin d'avertir.

L'auteur de l'*Irritation* ne s'est pas contenté de montrer
l'inutilité du principe immatériel pour expliquer les fonctions nerveuses; il a prouvé que ce principe étant une création imaginaire, c'est-à-dire n'existant pas, on ne pouvait
pas s'en servir (page 8).

Il a été prouvé ci-dessus contre l'auteur de
l'*Irritation*, qu'on ne pouvait, sans principe intelligent, expliquer ni les fonctions de l'action
nerveuse, ni aucune autre action de la matière.
L'illustre professeur a bien avancé que le principe intelligent est une création imaginaire; mais
l'avoir prouvé !... *nec tantum vincet ratio.* Jamais
la raison ne prouvera que le faux est véritable,
qu'il n'y a point d'intelligence, ou que la matière est intelligente par sa nature.

C'est comme si l'on disait que la matière en changeant
de forme par de nouvelles combinaisons, n'acquiert pas de
nouvelles propriétés, de nouveaux rapports, et n'exécute
pas des phénomènes nouveaux (page 8).

Fort bien; la matière change de formes par
de nouvelles combinaisons, mais sans changer
de nature. *La matière en changeant de forme*

par de nouvelles combinaisons : on ne peut s'empêcher de demander qui opère les nouvelles combinaisons qui changent la matière de forme, et de répondre que c'est un principe qui combine, et par conséquent intelligent.

Cela ne répugne nullement à l'observateur zoologique qui ne cherche que le principe *appréciable*, et non le premier principe de la pensée (page 9).

. Vous dites donc qu'outre le principe *appréciable* de la pensée, il est un autre principe antérieur; c'est aussi ce que disent les spiritualistes. La vérité s'échappe des discours comme l'air de la main qui fait ses efforts pour le comprimer et le retenir.

La pensée étant un mode d'action du cerveau, son principe appréciable ne peut être que la substance cérébrale irritable ; M. Massias s'écrie : « Certes, voilà une bien auda- « cieuse et bien tranchante assertion ! etc. etc. etc. » (page 10).

M. Massias s'est récrié et se récrie encore sur la nécessité où le met l'affirmation de M. Broussais de conclure que le génie qui est dans l'*Illiade*, l'esprit que renferment les œuvres de Voltaire, les sentiments d'amour de Dieu et du prochain qui honorent l'humanité, ne sont que de la substance cérébrale irritable. Au reste, le savant professeur nous a mis à l'aise en nous permettant tout à l'heure de reconnaître, outre ce principe *appréciable*, un autre *premier* principe de la pensée.

Est-il possible d'avancer qu'une chose dont nous n'avons nulle idée, pense et ait des idées? (page 10.)

Nous avons l'idée et nous sommes sûrs de l'existence de ce dont l'action nous donne à chaque instant l'idée et nous démontre l'existence.

N'est-ce pas là du non-sens et de la logomachie? (p. 10.)

Le non-sens de tout le genre humain, la logomachie de toutes les langues.

Que signifie l'assertion que la matière est par elle-même inerte et privée d'intelligence, quand on ne possède aucun moyen de donner cette démonstration? (page 11.)

Nous avons, en commençant, donné cette démonstration.

Le docteur Broussais a démontré que la vie n'a pas son principe dans notre organisation (page 11).

Ce n'est donc pas une induction tout-à-fait méprisable que celle - ci : La vie n'ayant point son principe dans notre organisation, pourquoi notre intelligence n'aurait-elle pas son principe hors de l'encéphale ?

Les exclamations de surprise ou d'indignation de M. le baron Massias n'ayant aucune vertu démonstrative en faveur de la thèse qu'il soutient (page 11).

La surprise et l'indignation, auxquelles pourtant nous ne pensons pas nous être abandonné, ne démontrent en effet que le sentiment qu'on éprouve à l'occasion d'opinions plus que hasardées, et de systèmes funestes à la société.

Ce que M. Massias devait mettre en place de cette plaisanterie que nous ne voulons pas qualifier (page 12).

Personne ne qualifie plus sévèrement que l'auteur des *Observations* les mauvaises, et surtout, les méchantes plaisanteries.

Traiter les idées comme des entités, c'est répéter les vieux arguments réfutés (page 12).

Dans aucun endroit de ses livres M. Massias ne traite les idées comme des entités ; mais il les donne comme les résultats des actes d'une entité qui résiste à tous les sophismes tendant à la réduire au néant ; il les a définies :

perceptions limitées en des images ou en des mots.

« Connaître, dit M. Massias, c'est s'adjoindre l'intelligible,
« s'en pénétrer de manière que nous et nos idées ne fas-
« sions qu'un. »

Nous répondrons que cette définition est de l'ontologie.
Nous ne voyons dans cette objection que des mots *vides de
sens* (1); connaître n'est pas une entité composée de plusieurs autres (page 13).

L'ontologie que nous professons est dans le
moi qui connaît, qui existe et qui est réel puisqu'il connaît, qui est principe et non phénomène puisqu'il produit les phénomènes, et qui,
en connaissant, s'identifie ses acquisitions intel-
lectuelles, lesquelles ne sont pas des entités
individuelles, mais des connaissances appartenant
à une entité. Tant que le physicisme n'aura pas
anéanti cet incommode *moi*, cette intelligence
qui modifie la matière, nous serons forcés de
lui faire la même réponse.

Quand M. Massias dit que l'intelligence se connaît et se
réfléchit, etc. etc. (page 14).

Ce long paragraphe m'a laissé la conviction

---

1. Quelque part, dans un de ses articles, M. Broussais
taxe M. Massias d'impolitesse.

qu'il est *physiquement impossible* que la matière puisse se connaître en se réfléchissant. Tout foyer de connaissance, tout *sensorium commune,* supposé corporel, ne peut être *pénétré* par l'objet aussi corporel, et étant nécessairement multiple, ne peut se former l'idée d'unité.

Nous ne connaissons Dieu que par la foi (page 15).

Demandez à tous les peuples s'il ne parle pas instinctivement au cœur et à la raison de chacun de nous. « Dieu est au niveau des vérités de la « géométrie, il est comme elle la conséquence « certaine d'un principe nécessaire. » ROYER-COL-LARD.

Nous présumons qu'il prend encore ici les signes représentatifs de nos perceptions et de nos émotions pour des choses réelles (page 16).

Nous prenons pour une chose réelle celle en qui ont lieu nos perceptions et nos émotions, et nous distinguons et avons toujours distingué d'elle les signes qui la rappellent ainsi que nos perceptions et nos émotions.

La mémoire est un des phénomènes de l'excitation cérébrale (page 17).

Toutes les sensations sont actuelles et se passent

dans le présent ; la matière se rappelant le passé, est de toute nécessité dans le présent et le passé ; dans le même moment son mode d'être actuel coexiste à celui qui a cessé d'être ; révoltante contradiction ! au lieu que, l'essence de l'intelligence étant de connaître, il n'est pas contradictoire de dire que ce qu'elle a connu elle le connaît encore. Voilà ce que j'ai dit sans vouloir expliquer le *comment* de cette merveilleuse faculté.

Si, comme le veut le physicisme, la mémoire n'est que le cerveau modifié d'une certaine manière, il s'ensuit que, dans tout souvenir, la matière subit à-la-fois deux modifications, qu'elle a deux figures, l'une présente, l'autre passée. Qui a fait cela ? moi. Dans cette réponse est l'énonciation d'un fait présent et.d'une sensation passée. Le moi voit actuellement qu'il a fait telle chose dans le passé ; ce qui est une preuve manifeste de son identité, puisqu'il se perçoit le même dans le présent et le passé, et qu'il sait bien que c'est lui, et non point un autre que lui, qui a la perception dont la mémoire lui donne le souvenir. Il était donc, lorsqu'il percevait, le même qui perçoit ; et, contre l'assertion des physiologistes, il n'est pas à chaque instant créé à neuf par le mouvement de l'organisation. Nous pouvons donc hardiment répéter que, si la mémoire répugne à la matière, elle est essentielle à l'intelligence qui ne peut se connaître sans se souvenir.

Le baron Massias aurait pu se convaincre par la lecture complète de l'ouvrage, que la *liaison des idées* n'est aux yeux de M. Broussais qu'*un mode d'excitation du cerveau* (page 18).

Que notre savant antagoniste songe qu'un mode d'excitation du cerveau n'est que le cerveau excité, et que *le cerveau excité qui sert de liaison aux idées,* lesquelles ne sont aussi que le cerveau excité, est un non-sens, pour me servir de ses expressions : s'il y a là-dedans du ridicule, ce n'est pas moi qui l'y ai mis.

Oui, le phénomène de la volonté est produit à chaque instant à neuf par le système cérébral, aussi bien que l'intelligence et la mémoire (page 19).

Nous renvoyons le lecteur à ce que nous avons dit dans l'article qui est avant le précédent, au sujet de la mémoire, en ajoutant que la conscience du genre humain lui dit *que ce qui veut en cet instant est ce qui voulait l'instant d'avant;* ce qui est en deux instants, *dure;* ce qui dure n'est point créé à chaque instant à neuf de toutes pièces.

Le *phénomène de la volonté*, dit l'illustre professeur : tout phénomène suppose ce qui le produit ; c'est, suivant lui, le cerveau qui veut ; c'est, suivant nous, le principe intelligent dont nous avons prouvé la réalité.

L'on peut prouver qu'une modification des organes nous fait d'abord vouloir malgré nous (page 21).

Si vous pouviez prouver cela, que ne l'avez-vous fait ? Ou plutôt, si la chose eût pu être prouvée, ce qui n'est pas, vous auriez mieux fait de ne pas en donner la preuve ; car si ce fait était certain, quel juge oserait condamner celui qu'*une modification d'organes* aurait forcé à vouloir malgré lui égorger, et à égorger effectivement son père ? Mais l'homme est *libre* en dépit de tous les sophismes ; il le sait, il se juge et se condamne lui-même lorsqu'il a commis un crime. — Si ce n'est pas notre *moi* qui *veut*, c'est donc autre chose que nous qui veut en notre lieu et place ; ce n'est pas nous qui voulons, ce sont nos organes.... Je ne suis pas *indigné* mais bien profondément affligé d'avoir à réfuter de telles doctrines, aussi peu fondées que destructives de toute morale. — Heureusement les exposer est les décréditer ; et tel est l'avantage de la presse libre, que la vérité seule peut rester maîtresse du champ de bataille, tandis que les cœurs et les esprits généreux se rangeraient du côté de l'erreur juridiquement réfutée et persécutée d'office. L'erreur ne se reproduit que pour ne pas avoir été complètement détruite, et elle ne peut l'être que lorsque des hommes de talent l'ont présentée sous toutes ses couleurs les plus décevantes. Les gouvernements qui, par un zèle mal entendu, interviennent pour ou contre les opinions philosophiques, favorisent ainsi les fausses doctrines loin de venir au secours de la vérité, qui n'a pas besoin d'eux pour se défendre. Sans la liberté de la polémique, nous n'aurions pas obtenu de notre honorable antagoniste deux importantes concessions, l'une que *la matière ne pense pas toujours*, l'autre qu'*outre le principe appréciable de la pensée en est un autre premier principe*, faits qui fondent le psychologisme.

L'homme n'ayant point été prouvé mixte par M. Massias, qui d'ailleurs n'a point réfuté les raisonnements du docteur Broussais contre la double nature de l'homme, et contre le roman du principe non-matière (page 22).

De l'existence du principe intelligent qui modifie la matière, et que nous avons prouvée, se conclut le *moi* intelligent en rapport avec notre organisation. La croyance en notre double nature est le *roman* que fait depuis qu'il existe, et que ne cessera de continuer le genre humain.

Ce que le sens intime dit à tous les hommes, voici comment la réflexion et le raisonnement le sanctionnent et le prouvent.

LA RAISON VEUT QUE NOUS DISTINGUIONS LES CHOSES QUI SONT AUSSI OPPOSÉES QUE POSSIBLE ;

OR, RIEN N'EST AUSSI OPPOSÉ QUE L'ACTIF ET LE PASSIF, LES FORCES QUI MODIFIENT L'UNIVERS, ET LEUR SUJET MODIFIÉ ; QUE LA PARTIE ACTIVE ET LA PARTIE PASSIVE DE LA CONSTITUTION HUMAINE ;

DONC LA RAISON VEUT QU'ON FASSE DE L'HOMME UN ÊTRE MIXTE.

Que si, en désespoir de cause, le physicisme soutient qu'il n'y a point de passif absolu dans l'univers, au moins est-il que l'inintelligence des marbres et des métaux ne peut passer à l'intelligence organique, par sa propre vertu ; car alors ce qui est inintelligent serait intelligent, vu que, pour se faire intelligent, il faut déja l'être. Il y a donc une intelligence distincte de la matière.

Toute la philosophie dont jusqu'à ce jour se sont occupées les diverses écoles peut être ramenée à trois questions, dont une seule résolue à l'affirmative donne la vérité, mais la vérité encore incomplète, la vérité du *sens commun*, celle que les sens et la conscience donnent à tous les hommes, et à laquelle s'est arrêtée l'école écossaise ; mais elle ne donne pas la vérité philosophique qui cherche la raison de ce que tout le monde croit. Ces questions sont :

N'Y A-T-IL QUE DES ÉLÉMENTS CORPORELS ?

N'Y A-T-IL QUE DES FORCES INCORPORELLES ?

Y A-T-IL DES ÉLÉMENTS CORPORELS ET DES FORCES INCORPORELLES ?

Bien que les sens donnent les objets corporels, avant que la réflexion ait prouvé les forces incorporelles, l'existence de celles-ci serait peut-être plus rigoureusement certaine que celle des choses matérielles, s'il pouvait y avoir des degrés dans la certitude. Mais l'existence des unes et des autres nous est impérativement affirmée par nos facultés, dont l'action, quoique diverse, est également irrécusable.

Reste une quatrième question non moins importante, qu'on n'a jusqu'ici traitée qu'indirectement parce qu'on ne faisait qu'entrevoir son objet, qu'on a présentée vaguement plutôt qu'on ne l'a posée avec précision, et à laquelle aboutit toute la partie philosophique de nos ouvrages, ce que n'a pas su voir M. Damiron dans son *Essai sur l'histoire de la philosophie au* 19e *siècle ;* cette question, la voici :

Y A-T-IL UN RAPPORT, ET, DANS L'AFFIRMATIVE, QUEL EST LE RAPPORT ENTRE LES ÉLÉMENTS CORPORELS ET LES FORCES IMMATÉRIELLES?

Tant que cette question ne sera pas résolue, la science ne pourra être faite. Notre esprit ignorant ses relations flottera au hasard ; sans but et sans point de départ, n'ayant aucun principe fondamental pour y rattacher et coordonner ses acquisitions, il ne possédera que des vérités isolées. Les systèmes sur les idées qui, depuis Pythagore, ont tourmenté la philosophie, et l'ont rendue stationnaire en l'arrêtant sur la même difficulté, doivent tous leur naissance au besoin de résoudre cette question. Suivant les uns, les idées, entités incorporelles, suivant les autres, sortes de fantômes matériels, étaient destinées à former le lien, à établir la communication entre les éléments incorporels et les forces incorporelles. Mais c'était se renfermer dans un cercle vicieux, et changer la question au lieu de la résoudre ; on laissait toujours à demander quelle était la chose qui mettait en communication les idées incorporelles avec les corps, ou les idées corporelles avec l'esprit. C'est devant cet abîme, sur lequel elle n'a pas même essayé de jeter un pont, que la philosophie moderne a laissé l'esprit humain. Nous avons osé lui proposer le trajet et d'unir les deux rives. Telle est l'entreprise à laquelle nous nous sommes consacré depuis huit ans : la nouveauté du point de vue a dérouté les esprits routiniers, troublé les habitudes et la paresse de l'esprit, et alarmé des rivalités unies en faisceau et jusqu'alors en possession paisible du sceptre philosophique. Dans l'ouvrage que nous préparons, *Traité de Philosophie psycho-physiologique*, et qui est précédé de l'examen des *fragments* de M. Royer-Collard et des principes de l'école écossaise, nous espérons avancer notre œuvre, et nous croyons même déja avoir rendu indispensable, dans toute recherche véritablement philosophique, l'étude des trois éléments de la connaissance de l'homme, dont deux, un au moins, étaient toujours négligés, savoir, L'ACTION DE LA NATURE, L'ACTION DE L'INTELLIGENCE, ET CELLE DE L'ORGANISATION. Vous me demanderez, sans doute, Monsieur, ce que cette digression a de commun avec nos débats : je vous répondrai qu'elle est loin d'y être étrangère, et qu'elle se rapporte à ce que vous appelez mon roman. Après avoir montré que l'homme est une *créature mixte*, je ferai voir que son *rapport avec la nature* est celui de la partie avec son tout.

M. Massias ne veut pas que les maladies puissent abolir la volonté; tant pis pour lui (page 22).

Mais si, comme je le dis dans mes *Observations,*
il faut *vouloir* pour respirer et avaler, si le plus
idiot mange et avale, et si le plus malade respire,
la volonté dans l'homme dont l'action vitale n'est
pas détruite ou totalement suspendue, ne sera
jamais entièrement abolie. La chose se passant
ainsi, et vous soutenant le contraire, alors, tant
pis pour qui ?....

De ce que M. Broussais regarde ce mot *liberté* comme
une formule et non comme une entité, M. Massias conclut
que la VÉRITÉ ne serait aussi qu'une formule (page 22).

Notre honorable adversaire, et je lui en sais
gré, a changé le mot VERTU qui est dans nos *Observations,* et sur lequel porte notre raisonnement,
en celui de *vérité* étranger à la question. La *liberté,*
soutient M. Broussais, est une formule ; la *vertu,* lui ai-je dit, qui ne peut exister sans liberté,
n'est donc aussi qu'une formule. Comment échap-
per à ce raisonnement? *Erubuit.... salva res est....*

Non plus que l'auteur de l'*Irritation* nous ne
regardons la liberté comme une entité, mais
nous la considérons comme la plus précieuse
des facultés de notre entité MOI.

Nous apprécierons les efforts qu'il fait contradictoirement
avec M. Broussais, pour soustraire l'intelligence au système
nerveux et la placer.... nous verrons si nous pourrons dé-
couvrir où.... (page 23).

Que M. Broussais s'épargne tant de peine ; nous avons averti que jamais nous n'avions songé à localiser l'intelligence.

ARTICLE SECOND.

> ,......Et d'où viendrait ce grand pressentiment,
> Ce dégoût des faux biens, cette horreur du néant ?
>
> VOLTAIRE.

On ne saurait accorder à M. Massias que la matière soit inerte (page 2).

M. Broussais qui ne veut pas croire avec MM. de La Place, Biot et d'autres grands naturalistes, à l'inertie essentielle de la matière, convient du moins que, *ne pensant pas toujours*, elle est quelquefois inerte.

Voici un passage critiqué dans mes *Observations:*

« Il est, pour les physiologistes sensualistes, une autre sorte de
« matière étendue, impénétrable, indivisible sans doute comme
« l'autre (la matière brute), mais par elle-même active et intel-
« ligente, opérant en tant qu'une et indivisible, et en rap-
« port avec toute l'organisation ; exécutant, au moyen de
« l'instinct qu'elle crée, plus de merveilles que n'en peut pro-
« duire et comprendre le plus habile mécanicien, et sachant
« ce qu'ignore le plus profond géomètre : elle se connaît et
« les objets autres qu'elle ; elle calcule les lois de l'univers,
« s'élève à l'idée du souverain moteur, adore et prie ; elle
« veut et ne veut pas, sacrifie ses penchants à ses devoirs, et

« se dévoue à une mort volontaire, en redevenant matière
« brute par sa décomposition. »

Le raisonnement caché sous cette tirade vraiment pitto-
resque. . . . . c'est de la rhétorique (page 2).

J'en appelle à tout littérateur, à tout lecteur
de bonne foi, si cette tirade, que je remercie
M. Broussais d'avoir citée, décèle la moindre
prétention à la *phrase*, si elle n'est pas la simple exposition de faits incontestables, de nature,
il est vrai, à gêner les explications encéphali-
ques du plus intrépide physiologiste.

L'homme est souvent dans le cas d'avoir moins d'intelligence qu'un renard (page 3).

L'homme a toujours moins que le renard l'intelligence propre au renard, mais son intelligence d'homme surpasse toujours celle du renard le plus renard. Ce dernier ne renfermera
jamais des abstractions dans des mots ou dans
d'autres signes.

M. Broussais a suffisamment expliqué les dévouements
héroïques et même le sacrifice de la vie, non seulement
dans le traité de l'*Irritation*, mais même dans sa *Physiologie* (page 4).

Si M. Broussais a suffisamment expliqué par
les propriétés connues de la matière, la vo-

lonté, la liberté sans laquelle ne peut exister de dévouement héroïque, et qu'au reste il nie, il peut se flatter d'avoir fait l'impossible. Et voyez comme la langue se révolte contre l'erreur : qui dit dévouement, dit l'*être libre* qui se dévoue Cet être sera le cerveau ! le cerveau qui se dévoue !... Chacun sent qu'il n'y a rien de matériel dans les actes de vertu, de dévouement, et du sacrifice de la volonté et des penchants corporels.

M. Massias a grand tort de s'étonner que la matière se voue à la mort; car, sans parler du dévouement héroïque du chien qui n'est que matière selon lui (page 5).

Le chien est autre chose que matière selon moi ; plusieurs endroits de mes livres constatent mon opinion.

M. Massias trop précipité dans ses attaques, que lui inspire son zèle pour le psychologisme, oublie toujours qu'il a réduit ce mot *immatériel* à un non-sens (page 6).

Nous savons bien que M. Broussais a dit que le mot *immatériel* n'est qu'une négation, et que sous une négation il n'y a rien. Mais nous le prions de faire attention que, lorsque nous autres spiritualistes disons l'*être immatériel*, il est évident qu'en énonçant la négation de la matière, nous posons en même temps l'existence de l'être. Cette négation n'est que l'absence des propriétés de la matière que nous refusons à l'*être intelligent* bien réel et bien existant.

Point d'action primitive sans intelligence et volonté (réfuté), page 7.

Point réfuté, car on n'a pu, et l'on ne pourra jamais montrer, qu'il y a *action primitive* sans intelligence et volonté.

Point de volonté sans liberté (réfuté), page 7.

Point réfuté, car si l'on était parvenu à prouver qu'on peut vouloir sans être libre, on aurait prouvé que ce qui veut est autre chose que ce qui veut, que vouloir est ne pas vouloir.

Point de liberté dans la matière (réfuté), page 7.

Point réfuté, car il est impossible de prouver qu'il y a liberté dans la matière, lorsque surtout on a fait ses efforts pour prouver qu'il n'y en a pas dans la volonté.

A l'occasion de ces trois réfutations supposées, nous prendrons la liberté d'avertir notre critique de se méfier un peu plus de ses convictions, et nous l'engagerons à dénouer les difficultés au lieu de les trancher.

Nous n'avons nul besoin de votre principe (immatériel)....
nous vous dirons que vous nous proposez une hypothèse,
et comme nous n'en avons que faire (page 8).

Je vous ai montré que vous aviez qu'en faire,
ne fût-ce que pour donner l'intelligence à la matière, lorsqu'elle est dans son état non pensant.

Penser est pour l'observateur sans préjugés sur la même
ligne que sentir, se mouvoir (page 9).

Se mouvoir n'est que changer de lieu : sentir
et penser n'est donc, dites-vous, suivant les observateurs sans préjugés, que changer de lieu.
J'ose me croire dans le nombre des observateurs,
je ne dirai pas sans préjugés, car personne n'en
est entièrement exempt, mais des observateurs
de bonne foi et amis de la vérité, et je déclare
hautement que je trouve absurde, tout-à-fait
absurde, de dire que nos pensées ne sont que
les changements de place des parties du cerveau.
LA PENSÉE ET LA VOLONTÉ PRÉCÈDENT ET RÈGLENT
LE MOUVEMENT, LOIN D'ÊTRE PRODUITES PAR LUI.
Selon les physiciens, le cerveau produit la
pensée ; et la pensée est mouvement. Lorsque
le cerveau produit le mouvement et la pensée,
est-il en repos ? est-il en mouvement ? En mouvement, sans doute : c'est donc le mouvement

qui produit le mouvement, la pensée qui produit la pensée.

Cette assertion (de l'existence d'une intelligence suprême
qui modifie la matière) résulte d'une induction que le docteur Broussais a notée comme le résultat inévitable du spectacle de l'univers. Mais cette induction ne donne matière à
aucune explication sur cette intelligence, puisqu'on ne peut
en parler qu'en la modelant sur celle de l'homme (page 10).

Jamais on n'a prétendu que l'induction inévitable qui résulte du spectacle de l'univers, dût
donner l'*explication* de l'intelligence suprême ;
mais on a avec raison pensé que cette induction
donne la preuve de son existence. M. Broussais
n'a pas songé qu'admettre des *inductions inévi-
tables* était avouer les *causes* qu'il a niées. Car
bien certainement il convient qu'il y a des effets,
et il n'y a point d'induction plus inévitable que
celle qui conclut des effets à leurs causes. Quant
à ce que l'homme est obligé de faire Dieu à son
image, il ne le fait qu'en reculant indéfiniment
les perfections divines au-delà des bornes de
toutes nos conceptions.

*Si nous n'étions que matière, comment notre nature pour-
rait-elle se mentir et se dire qu'elle est autre chose qu'elle-
même ?*..... argument singulier par lequel M. Massias pourrait justifier les rêveries les plus extravagantes. Ne peut-elle
pas se tromper? (page 10)

Non, notre nature ne peut se tromper ; ce
que le cœur et la raison disent aux hommes de
tous les temps et de tous les lieux, est vrai. « Il
« s'agit de savoir si nos facultés dont l'autorité
« est indivisible, sont les organes de la vérité ou
« du mensonge, et là-dessus nous serons tou-
« jours réduits à prendre leur propre témoi-
« gnage. » ROYER-COLLARD.

De ce que les phénomènes nerveux qui constituent ces
actions (la vision, l'audition, le tact, l'olfaction, la dégus-
tation) ont lieu sans frapper les sens, il ne résulte pas
qu'ils soient immatériels (page 11).

Il en résulte ce que nous avions dit, savoir,
qu'entre voir et *regarder*, entendre et *écouter*,
toucher et *palper*, sentir et *flairer*, goûter et
déguster, est une différence radicale ; que les
seconds de ces faits exprimés par des mots différents désignent l'action libre d'un être actif,
tandis que les premiers ne désignent que des
impressions sur des sens passifs.

Me voici à la *perception*, à laquelle M. Broussais a consacré au-delà de quinze pages dans
son dernier article : je n'aurai pas le courage de
l'y suivre ; d'autant mieux que toutes ses assertions sont réfutées par ce qui précède, et qu'il
me faudrait répéter ce que j'ai dit sur ce sujet

dans mes *Observations*, qui sont encore à réfuter
et auxquelles je renvoie. Pour ne pas en être
cru sur parole, je vais rapporter avec la plus
scrupuleuse fidélité mes principales idées sur la
perception.

Dans la perception nous sommes actifs et passifs : passifs par l'impression ; actifs par la connaissance que nous avons de l'effet de l'impression.

Dans la comparaison et le raisonnement nous
sommes entièrement actifs ; donc la perception,
quoi qu'en dise M. Broussais, n'est pas l'*unique
phénomène de l'intelligence*.

La perception et les idées sont autre chose
que de la *matière nerveuse irritée*. Dans l'idée
de Dieu est la connaissance de l'existence de
l'Être suprême, connaissance qui, j'espère, est
autre chose que de la matière nerveuse irritée,
autre chose que le cerveau quelque forme qu'on
lui fasse prendre. La perception d'un éléphant
est de même autre chose que l'encéphale excité, car je connais l'éléphant qui n'est ni mon
cerveau ni dans mon cerveau. Je doute que le
savant physiologiste prouve le contraire à qui
que ce soit. S'il faut donner à mes idées sur ce
sujet une forme plus didactique, je dirai : La
perception d'un éléphant n'est, d'après le phy-

sicisme, que le cerveau excité, c'est-à-dire, le cerveau ayant telle ou telle forme : mais l'éléphant perçu que la rétine sent petit comme un point, le cerveau le sent, le juge (sentir est juger pour les physiologistes purs) dans sa grandeur naturelle; donc la forme d'un éléphant de quatorze pieds de hauteur entre dans la forme d'un cerveau humain de six pouces de diamètre, ou lui est superposée dans tous ses points, car on ne peut sentir ce qu'on ne touche pas; donc le contenant est plus petit que le contenu, donc une surface de six pouces égale une surface de quatorze pieds. La conclusion quelque étrange qu'elle soit, n'en est pas moins rigoureuse.

J'avais dit dans mes *Observations* que *je sens que je sens* est une homonymie de mots et d'idées, tandis que *je sais que je sens* exprime deux faits différents. M. Broussais le nie, et il essaie de prouver le contraire. Je vais le laisser poser la question à sa manière, le lecteur jugera. « Il « faut conserver aux mots le sens qu'on leur « donne dans le discours : or nous disons tous « les jours quand on nous interroge sur les faits « d'une science, je sens que je sais, ou que je « ne sais pas cela (page 25). » Il faut que j'aie perdu toute idée du sens que l'usage donne aux mots, ou que mon critique soit dans son tort.

Vous ne savez pas le latin, vous ne savez pas l'algèbre ; je les sais moi, je sais que je les sais, répondra celui qui sera injustement argué de cette ignorance. Qui s'avisera de dire en pareille circonstance : je sens le latin et l'algèbre, je sens que je les sais ? Un malade qu'on accuse de ne l'être que d'imagination, dit fort bien : Vous pouvez m'en croire, je sens ce que je sens : ce qui ne signifie que, je sens mon mal, je sais que je sens mon mal ; jamais il ne s'avisera de dire *je sens que je sais mon mal :* le malade sent le mal et ne le sait pas ; le médecin sait, ou croit savoir le mal, et ne le sent pas.

M. Massias ne s'est pas donné le temps de réfléchir sur les choses qu'il pouvait ignorer. Il n'a pas assez redouté de se mettre en avant sur les questions d'anthropo-zoologie (1). En voici un nouvel exemple : M. Broussais dit que, si l'homme acquiert un surcroît de faculté intellectuelle, il reçoit une ampliation de faculté instinctive (page 28).

Mon critique voulant, par des avertissements

---

1. Ce mot me semble inutile à notre langue et ne rien dire de plus qu'anthropologie, car l'homme ne peut être considéré indépendamment de l'animalité. Peut-être que, dans le système des physiciens, ce mot est destiné à être le compendium de leurs théories, et à prouver par lui seul que l'homme ne diffère en rien des animaux, vérité point du tout flatteuse pour la race humaine.

indirects, me faire sentir mon infériorité, que je confesse, dans les matières physiologiques, et me ramener aux sentiments d'une juste modestie, a, si je ne me trompe, mal choisi ses moyens, car je crois encore, même dans ce fait d'anthropo - zoologie, avoir raison contre lui ; j'en appelle au jugement des naturalistes.

« Ce qui caractérise l'instinct, c'est qu'il « n'est ni influencé par la volonté, ni propor- « tionné à l'intelligence. » *Principes de Physio- logie médicale*, tom. 1ᵉʳ, pag. 356,

« Que si l'on croit voir une perfection instinc- « tive dans le chien, le bœuf, le cheval et les « autres espèces domestiques qui ont subi le « joug de notre civilisation par leur domes- « ticité, l'on se trompe ; car il est bien facile de « faire voir, au contraire, combien leur instinct « natif est détérioré, malgré tant d'instruction. » *Dict. d'Hist. nat.* de Déterville, art. *instinct*, de M. le docteur Virey.

« Car l'*instinct* n'est point susceptible de per- « fectionnement, et ne change point à mesure « qu'il est exercé. » *Ibidem*, chev. de Lamarck.

Passons à un dernier grief de l'auteur de l'*Irri- tation* : à propos de ce que j'avais dit du second titre de son livre, le même que celui de Caba- nis, *Des rapports du physique et du moral de l'homme*, qu'entre le physique et le moral, du moment que le moral n'est que le physique, il n'y a point rapport, mais identité. M. Broussais n'a pas eu de peine à montrer qu'il y a rapport entre les diverses parties de la matière ; mais il n'a pas fait attention que ma critique portait sur le sens absolu et indivisible donné aux mots *physique et moral* dans le titre de son ouvrage. Voici mon raisonnement, qui est encore à réfuter : ou le physique et le moral sont de nature différente, et alors on conçoit la nécessité d'un rapport pour les unir ; ou ils sont de même nature, et il n'est plus besoin du mot *rapport* dans le titre, puisque entre le physique et le moral il y a identité.

Ne pouvant vous placer entre ce qui est et ce qui n'est pas, vous perdriez votre temps en discussions vaines et oiseuses, parce qu'elles rouleraient sur des mots vides de sens, ou d'un sens tellement détourné, mobile, arbitraire, qu'elles ne pourraient fournir de connaissances positives ; en un mot, votre résultat inévitable serait le *néant* (page 32).

Telle est la dernière phrase du second article de M. Broussais, dans laquelle le dernier mot, *néant*, est en lettres italiques. Ne pouvant deviner les motifs ni la fin de ce paragraphe, et de la distinction accordée au mot *néant*, je suis tenté de raconter à mon honorable adversaire ce qui m'est arrivé l'automne dernier. Je me promenais dans une des allées les plus solitaires du Luxembourg, lorsque j'aperçus tout-à-coup en face de moi un ancien ami qui, la tête baissée, avançait lentement sans me voir. Son air pâle et défait me remplit de tristesse. « Est-ce bien vous, lui dis-je, que j'ai connu plein de joie et d'allégresse, au comble des honneurs et de la fortune, vous, qu'on regardait comme le plus heureux des hommes? — Heureux! s'écriat-il avec l'accent du désespoir : ma femme et mes enfants, que j'adorais, sont au tombeau; ma fortune m'a été ravie par des scélérats; je suis accusé d'un crime horrible, et près de succomber à l'accusation. — Vous êtes innocent, j'en suis sûr. — Dieu m'en est témoin! — Tout est sauvé, lui dis-je; à tout événement, vous serez absous par le Juge des juges, et votre femme et vos enfants vous seront un jour rendus... » Les larmes coulèrent en abondance de ses yeux..... Je vous le demande, Monsieur, un physicien aurait-il dû dire à cet infortuné : Consolez - vous, votre femme et vos enfants dorment dans le néant; consolez - vous, là on n'a besoin ni de fortune ni de dignités; consolez-vous, le néant vous attend, vous et vos calomniateurs?.... Ah! je m'éloigne d'un système qui ne prouve aucune de ses assertions, et qui offre le néant pour refuge aux malheureux, et pour tombeau à nos vertus et à nos espérances. Liberté, vertu, immortalité, éternité, voilà mon système; le système du genre humain !

J'ai l'honneur d'être, monsieur, nonobstant la divergence de nos opinions, le constant admirateur de vos travaux.

LE BARON MASSIAS.

TABLE RAISONNÉE

DES MATIÈRES.

FIN DE LA TABLE DES MATIÈRES.